사랑은 시가 되어

사랑은 시가 되어

1판 1쇄 : 인쇄 2016년 06월 01일
1판 1쇄 : 발행 2016년 06월 05일

지은이 : 최길숙
펴낸이 : 서동영
펴낸곳 : 서영출판사

출판등록 : 2010년 11월 26일 제 (25100-2010-000011호)
주소 : 서울특별시 마포구 서교동 465-4, 광림빌딩 2층 201호
전화 : 02-338-7270 팩스 : 02-338-7161
이메일 : sdy5608@hanmail.net

그 림 : 박덕은
디자인 : 이원경

ⓒ2016최길숙 seo young printed in seoul korea
ISBN 978-89-97180-58-5 04810
ISBN 978-89-97180-00-4(set)

사랑은 시가 되어

2016 · 서영

최길숙 시인의 제1시집 출간을 축하하며

이 세상에 살면서 기쁜 일들이 얼마나 많이 생겨 자신에게로 다가올까. 그 중 가장 의미 깊은 기쁨은 뭘까.

오늘 필자는 마냥 기쁘고 행복하다. 왜냐하면, 여태껏 내가 알고 있는 시인들 중 가장 마음 착하고 따스하고 고운 시인들 중 한 사람이 첫 시집을 펴내기 때문이다. 그녀가 바로 '꽃활짝'이라는 닉네임을 가진 최길숙 시인이다.

최길숙 시인의 장기는 김밥 싸는 것이다. 이 세상 김밥 중에서 가장 맛있고 영양 듬뿍 담긴 김밥! 김밥만큼이나 앙증맞고 정겨운 시인 최길숙!

최길숙 시인의 모습은 언제나 한결같다. 표정도 옷차림도 신발도 별로 변화가 없다. 신발의 뒤축은 언제나 한쪽이 다른 쪽보다 더 닳아 기울어져 있다. 그걸 몇 번 지적했지만, 그에 대해 별로 신경쓰지도 않는다. 그렇다고 삐치거나 화내거나 멀리 도망가지도 않는다. 늘 그 자리에 변함없이 서서 오히려 우리를 위로하고 감싸준다.

이 세상 어머니들의 심성을 한자리에 모아놨나 보
다, 이런 생각이 들 정도로, 그녀는 너그럽다. 그렇다
고 하늬바람처럼 가볍지도 않다. 시 창작도 끊길 듯 말
듯 줄기차게 이어진다. 안 쓰고 있는 듯하면서, 언제나
쓰고 있다. 쓰고 있는 듯하면서 안 쓰고 있다. 그러면
서 계절이 바뀌고 해가 바뀐다.

그런데, 어느새 이렇게 한 권의 시집으로 그녀의 시
들이 묶어질 수 있다니, 놀랍기만 하다. 멋스럽다. 지
상의 여러 동물들 중 왜 인간이 가장 멋질 수 있을까,
이를 증명하기라도 하는 듯 최길숙 시인은 멋진 모습
을 보여 주고 있다.

자, 그러면 최길숙 시인의 시 세계는 어떠할까. 참
궁금하다.

　수심이
　꾸불꾸불
　걸어온다

　양어깨에
　봇짐 하나
　지고서

속을 헤집어 보지 않아도
눈에 본 듯 뻔한
속앓이

갖가지 사연
차곡차곡
담아 온 맘 보따리들

꼭꼭 숨긴 채로
허술한 일상의 봇짐만
펼쳐 놓는다.

- [광부] 전문

이 시에서의 시적 화자는 광부로서 살아온 삶을 정
리하고 있다.
수심이 꾸불꾸불 걸어온 삶, 이제 남은 건 양어깨에
진 봇짐 하나뿐. 속을 헤집어 보지 않아도 눈에 본 듯
뻔한 속앓이를 안고 살아가는 인생, 그동안 죽도록 고
생만 하고, 손에 쥐여진 행복이나 보람은 쥐꼬리만도
못한 인생, 이제 남은 건 병든 몸뿐, 그럼에도 불구하
고 온갖 사연 차곡차곡 담아온 맘 보따리를 풀어놓을
수도 없다.

들어 주는 사람도 없고, 위로해 줄 사람도 없다. 그래서 속앓이 보따리는 꼭꼭 숨긴 채로 허술한 일상의 봇짐만 펼쳐 놓고 있다. 어디다 하소연도 못하는 인생, 살아온 삶의 과정 자체가 시련과 역경인 인생, 처절히 뼛속 깊이 파고드는 허무와 수심, 그리고 회한만이 너울거리는 인생, 이제 흐를 눈물조차 말라 버린 인생, 그 인생을 손에 들고 서 있는 시적 화자가 애처롭다.

이처럼 최길숙 시인은 자신의 삶에서 고개를 들어 이웃의 아픔을 공감하는 상상력으로 시심의 시야를 펼치고 있다. 이게 바로 시인의 임무이자 역할이다. 세상은 혼자가 아니다. 같이 살아가는 공동체이다. 그래서 타인의 아픔이 곧 나의 아픔인 것이다.

산길 돌고 들길 지나
언제부턴가 자리잡은 마을회관 들어서면
무궁화꽃이 목젖까지 내주며 환하게 웃는다

나가 놀아라
나가 놀아라

쫓겨난 미운 새끼들 모여들어
무궁화꽃이 피었다고 외쳐댄다

한 녀석이 키보다 클까 말까 한
아담스런 나무 뒤에 살금살금
숨었더니 꽃들이 난리가 났다

나는 안다
나는 안다

고자질하고 싶어 파르르 파르륵
숨이 넘어갈 듯 큰 잎보다 더 크게
알 리 없는 술래는 이리저리
먼지만 날리고 있다

미운 새끼들 하나둘 떠나고
이번엔
갈래머리 까까머리 술래잡기
우렁찬 함성 소리 해맑은 나라
해질녘이 되어서야 겨우 하루를 접는다.

                              - [무궁화꽃이 피었습니다] 전문

이 시에서의 시적 화자는 술래잡기를 하고 있다. 산
길 돌아 들길 지나면 나타나는 마을회관, 거기 자라고
있는 무궁화가 꽃피는 시절에 동네 아이들과 놀았던

추억 속으로 빨려들어 간다.

 나가 놀고 싶은 심정이 술래잡기를 통해 표출되고 있다. 자유롭게 자라고 싶은 시적 화자의 내면이 무궁화꽃 밑으로 모인다. 쫓겨난 미운 새끼들이 모여 무궁화꽃이 피었다를 외쳐댄다. 술래 몰래 한 녀석이 아담스런 나무 뒤에 숨었다. 그러자 무궁화꽃들이 소란을 떤다. 나는 안다고. 어디에 숨었는지 안다고. 고자질하고 싶어 까르륵 까르륵 숨이 넘어갈 듯 소리친다. 그런데도 술래는 찾지 못하고 이리 저리 먼지만 날리고 있다. 동네 아이들이 하나 둘 흩어진 뒤에도 갈래머리와 까까머리의 우렁찬 함성은 하늘을 치솟는다. 해질녘이 되어서야 마을의 골목은 조용해진다.

 어릴 적 한 정경을 그림 그리듯 이미지로 그려내는 솜씨가 멋지다. 서술 위에 이미지 구현을 이뤄 나가는 시적 형상화가 세련되어 있다. 특히 시각적 이미지(산길, 들길, 마을회관, 무궁화꽃, 목젖, 환하게 웃는다, 아담스런 나무 뒤에, 살금살금, 큰 잎보다, 먼지만 날리고 있다, 갈래머리, 까까머리, 해질녘)와 청각 이미지(외쳐댄다, 고자질, 까르르 까르륵, 숨이 넘어갈 듯, 더 크게, 우렁찬 함성 소리)의 조화로움이 시 전체에 활기를 불어넣어 주고 있다. 시상의 흐름을 자연스레 끌어가는 솜씨 또한 탁월하다.

최길숙 시인의 제1시집 출간을 축하하며

여름 방학 맞은 아홉 살
여자아이는 동이 트기도 전에
일어나

곳간에서 제일 작은 호미 하나를
꺼내 들고
할매 따라 종종걸음으로 길을 나선다

벌써 오늘이 엿샛째
마지막 품앗이날
애써 만들어 놓은
일상의 굴레 안으로 걸어간다

깊은 산중 방학은 심심하다
자연이 놀이터이고
곤충들이 동무일 뿐

돌아오는 길
조막손에 쥐여 주는
동전 두 닢
땡그랑 땡그랑

오르막길
내리막길
험한 길에서는
땡그랑
땡그랑 땡땡

내 마음을 아는지
나비들도 앞서 날아가며
땡그랑 땡땡
땡그랑 땡땡.

- [산골 아이 · 1] 전문

　이 시에서의 시적 화자는 어린 시절로 돌아가 품앗이하던 때를 떠올리고 있다.

　여름 방학 때 아홉 살배기 소녀는 곳간에서 작은 호미 하나를 꺼내 들고 할머니 따라 품앗이하러 간다. 산중 방학은 너무 심심하다. 자연이 놀이터이고, 곤충이 동무일 뿐, 무료한 일상의 굴레만 소녀를 기다리고 있다. 그래서 소녀는 품앗이 가는 할머니를 따라 일터로 갔다가 오후 늦게 돌아오곤 했다. 엿샛째 품앗이, 마지막 날 소녀는 품앗이 끝나고 할머니랑 돌아오면서 동전 두 닢을 선물 받는다. 조막손에 들어온 동전이 즐

거운 듯 땡그랑 땡땡 소리를 낸다. 이 소리에 나비들
이 앞서간다. 땡그랑 땡땡, 즐거운 마음이 뒤따라간다.
　이처럼 청각적 이미지가 아주 효율적으로 활용되고
있다. 서두르지 않고 절제미와 이미지로 시상의 흐름
을 이끌어 가는 기법도 시의 특질에 가까이 다가서고
있다. 시의 묘미, 시의 맛이 이야기 속에 곁들여 있어,
감칠맛이 난다. 이게 최길숙 시인의 시가 그만큼 독
자의 감성 깊숙이 파고드는 요인이 아닌가 여겨진다.

　당신
　있기에

　온갖
　떨림 안고

　내가
　있다.
                              - [연인] 전문

　이 시의 시적 화자는 앞에서 언급한 시들과는 달리
아주 짤막한 낙엽시 속에서 역할을 다하고 있다. 시적
화자에게 당신은 존재 이유가 되고 있다. 당신이 있기

에 인생이 있고, 당신이 있기에 살아가는 가치가 있고, 당신이 있기에 그나마 고달픈 삶을 견뎌내고 있다. 따라서 당신은 있어도 되고 없어도 되는 존재가 아니라, 당신은 곧 시적 화자인 것이다.

당신의 부재는 곧 시적 화자의 부재가 되어 버린다. 그 어떤 이유도 그 어떤 여생도 당신 없이는 의미가 없다. 시적 화자에게는 오로지 당신이 필요하다. 마치 공기처럼 시적 화자의 삶과 의지와 꿈에는 당신이 있어야 한다. 당신만 곁에 있으면, 시적 화자는 온갖 떨림 안고 살아갈 수가 있다. 잔잔한 설렘, 은은한 기쁨, 잔물지는 감동이 모두 당신으로부터 나온다. 당신이 있기에 시적 화자가 있는 것이다.

이로써 시의 특질을 충족시켜 놓는다. 낙엽시 속에 커다란 줄기, 융융한 의미가 흐르고 있다. 이게 시의 멋스러움이 아니겠는가. 최길숙 시인은 이미 시의 특질을 터득한 것일까. 이처럼 짤막한 시 속에 독자에게 안겨줄 감동의 세계를 어찌 담을 수 있단 말인가. 신비스럽기만 하다.

가는 길 잊었나요
밤새워 졸았나요
왜 아직 못 갔나요

최길숙 시인의 제1시집 출간을 축하하며

무엇이 그리 아파
구름에 기대앉아
여지껏 상념에 잠겼나요.

- [낮달 · 1] 전문

이 시에서의 시적 화자는 낮달을 바라보고 넋두리를
남긴다. 마치 사랑하는 이에게 하소연하듯 퉁명스럽
게, 아니 애절하게 묻고 있다.

가는 길 잊었냐고 묻는 내면에는 제발 가는 길을 잊
어 버려, 곁에 오래도록 남아 있어 주기를 희망하고 있
다. 왜 아직 못 갔냐고 물으면서, 부디 애틋해서 사랑
해서 못 잊어서 못 갔다고 말해 주길 바라는 간절함이
묻어나 있다. 무엇이 그리 아파 그랬냐는 대목에선, 사
랑을 완성하지 못하고 떠나는 마음이 제발 많이 아파
주기를 소망하고 있다. 사랑했는데, 지독히 사랑했는
데, 영원히 사랑하려고 했는데, 그 사랑을 이어가지 못
하고 떠나야 하는 이의 가슴이 아파서, 많이 아파서,
지독히 아파서 눈물 흘리고 고통스러워 해주기를 바
라고 있다.

적어도 그렇게라도 상대방이 아픔을 느껴야 시적 화
자는 다소나마 위로를 받을 모양이다. 구름에 기대어
앉은 낮달처럼 여태껏 상념에 잠겨 차마 떠나지 못하

고 머뭇거리고 있어 주기를 바라는 시적 화자의 애달
픔이 절절절 묻어나 있다.

　이처럼 시는 가장 절제된 시어로 가장 많은 감성과
의미와 얘기를 담아야 한다. 그래야 시의 특질은 더욱
빛이 날 것이다. 시가 산문과 달리, 인류에게 오래도록
사랑받아 온 이유도 여기에 있지 않을까. 이런 시의 표
현 기법을 터득한 시인에게 아낌없는 박수를 보낸다.

　건들건들
　늘
　이상해

　마주치기 싫은지
　요리조리
　피하는 눈

　늘
　수상해
　너의 세계

　풀어라
　대화 보따리

들어줄게

애인도 아니면서
콩닥콩닥
가슴 뛰게 하는 아들아.

- [사춘기] 전문

이 시에서의 시적 화자는 사춘기 아들을 바라보고
있다. 엄마로서 걱정이 앞선다. 아들은 사춘기라서 그
런지 건들건들 늘 이상하다. 행동도 상식선에 벗어나
있고, 생각도 그렇다. 엄마와 눈을 마주치기 싫은지 요
리조리 피하는 아들, 뭔가 수상해 보인다. 하는 짓도
그렇고, 하는 말투도 그렇다. 그러면서도 말하지 않고
꿀먹은 벙어리다. 참다못해 엄마가 하소연해 본다. 제
발 내게 다 풀어라, 대화 보따리 다 풀어놓아라, 다 들
어줄 테니까. 하지만, 차마 이 말을 입 밖에 뱉어내지
못하고 안으로만 삭인다. 언젠가는 말하겠지. 언젠가
는 속내를 털어놓을 날이 오겠지. 기다리고 또 기다린
다. 분명 애인도 아닌데, 어찌 저토록 아들은 엄마의
가슴을 뛰게 하고 설레게 하고 걱정을 끼치는가. 도무
지 모르겠다.
    마치 이야기식의 전개에도 불구하고, 이토록 독자의

감성에 깊이 파고드는 시적 형상화가 돋보인다. 시적 형상화의 다채로운 기법을 만나는 기쁨이 여기에 펼쳐져 있어 좋다.

부스스 일어나
커피 한잔으로
지친 마음 달랜다

잠자던 옛것들
하나씩 꺼내
펼쳐 놓으며

명주실처럼
풀어도 풀어도
끝이 없지만

차라리 안고 갈까
그 남자
그리고 그 여자

커피향에 젖어
배시시

자리에 도로 눕는다.

- [일상] 전문

　이 시에서의 시적 화자는 어느 날 자다가 부스스 일
어나 앉는다. 그리고는 커피 한 잔 타서 마신다. 지친
마음을 달래고 싶어 차분한 마음으로 차향에 젖는다.
그러다가 잠자던 옛것들을 하나씩 꺼내 펼쳐 놓는다.
　무엇이 잘못되었나, 무엇이 꼬였나, 어떤 어리석음
이 개입되었나. 수치스러운 면은 없었나. 피해갈 수는
없었나. 그냥 묵인하면 안 되었나. 일단 꺼내 놓은 추
억들은 명주실처럼 계속 풀어져 나온다. 풀어도 풀어
도 끝이 없다. 이렇게 계속 풀어져 나온다면, 해결할
길이 없는 건 아닐까. 따질 수도 없고 해결할 수도 없
고 그렇다고 멈출 수도 없다면, 차라리 안고 가는 건
어떨까.
　나를 힘들게 했던 그 남자, 그 여자, 지금 이렇게 나
를 잠들지 못하게 하고 부스스 일어나게 한 그 남자,
그 여자, 어찌할 것인가. 뾰족한 혜안이 없다면, 차라
리 안고 가든가, 아니면 덮고 가든가 해야 한다. 상념
에 잠길수록 몸과 맘이 더욱 무겁기만 하다. 가라앉히
듯 몸을 다시 눕힌다. 커피향에 젖어 배시시 눕히는 몸
뚱이가 오늘따라 무겁기만 하다. 인생의 쌉싸름한 느

낌이 온몸을 휘감고 돈다.

　이러한 시적 화자의 감성이 그대로 독자에게 전달되고, 그 전율이 등줄기를 훑고 가게 만드는 힘, 이게 최길숙 시인의 시 속에는 담겨 있으니 웬일인가.

　만나는 순간
　환희로 몸부림치며 부르는
　달의 노래.

　　　　　- [봄밤] 전문

　이 시에서의 시적 화자도 짤막한 낙엽시에 자리를 틀고 앉아 있다. 겉으로는 봄밤이 그려져 있다. 봄밤은 만나는 순간 환희로 몸부림치며 부르는 달의 노래라는 것이다. 그렇게 관찰되었고, 그렇게 묘사되었다.

　추상(환희)과 구상(몸부림, 달의 노래)의 조화로움이 이미지 구현의 길로 시를 안내하고 있다. 시각 이미지(만나는 순간)와 근육감각 이미지(몸부림치며)와 청각 이미지(부르는 달의 노래)의 입체화를 통해, 시적 화자의 내면이 더욱 선명히 그려지도록 해놓고 있다. 그려놓은 세계는 봄밤인데, 독자의 감성에 전달되는 건 시적 화자의 내면이다.

　시적 화자는 봄밤처럼 사랑하는 사람을 만나는 순간

최길숙 시인의 제1시집 출간을 축하하며

환희로 몸부림치며 행복해 하는 달의 노래가 된다. 이
게 사랑이 아닐까. 사랑의 속성과 만나는 이미지, 이를
통해 독자에게 전달하고자 하는 사랑의 환희, 그 멋스
러움, 지극히 아름답다.

　왜 시는 인류의 곁을 떠나지 않고 여태 사랑받고 있
는 것일까. 이게 바로 이 미적 가치의 그릇에 담겨지는
감성의 아름다움 때문은 아닐까. 그 아름다움이 안겨
주는 은근한 향기가 인류에게는 필요한 건 아닐까. 그
어떤 것으로도 보완할 수 없는 인간 내면의 허기, 그
빈 공간을 채워 주는 미적 가치, 그 아름다움, 그 은은
한 향기, 이 소중함 때문에 인류는 시를 지속적으로 사
랑하는 건 아닐까.

바짓단 둘둘 말아 올리고
재잘대며
골뱅이 줍던 곳

돌멩이 반으로 갈라
소반 만들어
소꿉놀이 했던 곳

학교에서 옥수수빵

급식 받아 나눠 먹으며
배고픔 잊고 놀았던 곳.

　　　　　　　　　- [동강] 전문

　이 시에서의 시적 화자는 어린 시절로 돌아가 잠시 휴식을 취한다. 비록 시 속에서나마 현대 문명의 싸늘한 세계에서 벗어나 시골로 내려간다. 거기서 바짓단 둘둘 말아 올리고 쉴 새 없이 재잘대며 골뱅이 줍던 때를 떠올린다.

　정겹다. 게다가 돌멩이 반으로 갈라 소반 만들어 소꿉놀이 했던 정경을 배치해, 독자들의 감성을 추억 속으로 빠뜨린다. 어찌 순수의 세계로 몸을 맡기지 않을 수 있겠는가.

　당시 초등학교에서는 옥수수빵이 급식으로 나오던 시절, 그 빵을 나눠 먹으며 배고픔을 잊고 놀았던 모습이 휘그르르 옛 시절의 풍경에 잠겨 눈물겹게 한다. 왜 그리도 배고픈 시절이었을까. 왜 우리 조상들은 그런 배고픔 속에서 허우적거려야 했을까. 무엇 때문일까. 이데올로기 때문이었나? 방향 설정이 잘못된 나라 때문이었을까? 좀처럼 해결되지 않는 이 나라의 가난이 뒷배경으로 깔리면서, 시적 화자의 어린 시절은 독자의 가슴에 아련한 향수를 안겨 준다.

최길숙 시인의 제1시집 출간을 축하하며

가난했어도, 배고팠어도 행복할 수 있었던 시절, 그 시절의 행복이 오늘날 시적 화자에게 무엇보다도 필요한 건 아닐까. 아무리 좋은 현대 문명이라 할지라도, 삭막함만 있다면 따스한 정이 없다면, 그건 행복한 인생이 아닐 테니까. 정겨운 대화가 있고, 따스한 행복이 있는 세상, 그런 이상향을 그리워하는 시적 화자의 심경, 어쩌면 우리 모두의 공통된 심경은 아닐까.

　새하얀 눈이
　내립니다
　그대는 가고 없는데

　사득 사득
　조용한 몸짓으로
　내려앉습니다

　그대는
　이미
　가고 없는데

　자욱 자욱
　그리움이랑

함께 쌓입니다.

- [애상] 전문

이 시에서의 시적 화자는 겨울 한가운데 서 있다. 사랑하는 그대는 가고 없는데, 마음도 가슴도 추억도 사득 사득 조용한 몸짓으로 내려앉고 있다. 어찌할 수 없는 모습, 되돌릴 수 없는 추억, 이제는 정리해야 할 과거가 되어 버렸다. 그대는 가고 없는데, 저리 눈이 내리고 있다.

그런데 이상한 것은 그대는 가고 없는데, 모든 게 다 정리된 줄로만 알았는데, 이제 사랑도 꿈도 희망도 다 사그라져 버린 줄 알았는데, 이게 웬일인가. 자욱 자욱 그리움이랑 함께 눈이 쌓이고 있질 않은가. 아직도 그리움은 사라지지 않았단 말인가. 모든 게 다 퇴색되고 색바래 버렸는데, 그리움은 어디에 숨어 있다가, 저리 펑펑 쏟아지는 눈발과 함께 다시 내리는가. 어찌 이런 일이 생긴단 말인가.

사랑은 정리될 수 없는 대상일까. 잊었다 하지만, 죽순처럼 다시 솟구쳐 나의 하늘을 지배해 버리는 것일까. 사랑이 남긴 그리움은 어찌 이리도 지독한 후유증을 남긴단 말인가. 이렇게 시적 화자가 시를 쓰는 것도 그 그리움 때문이었단 말인가. 시를 쓰게 하는 동기도, 시인이 되게 한 것도, 어쩌면 이 사랑 줄기에서 뻗어 올라온 그리움 때문이라는 말인가. 누가 속시원히 대답 좀 해주었으면 좋겠다.

이 땅의 진정한 가치, 최고의 가치는 사랑이란 말인가. 사랑 이외에 그 어떤 것으로도 사랑의 최고 가치를 대신할 수 없단 말인가.

지금까지 우리는 최길숙 시인의 시 세계를 탐색해 보았다. 그 어디서나 시의 특질에 아주 가까운 거리에서 산책하고 있는 시적 화자를 만나 볼 수 있었다.

결코 서두르지 않는 시상의 전개, 화려하지 않지만 담백한 시어들의 배치, 그 뒤로 자연스레 깔리는 이미지의 구현, 특히 지각적 이미지들의 입체화, 구상과 추상의 조화로움, 더불어 새로운 해석학에 기초한 낯설게 하기 등의 기법이 나긋나긋 각자 자기의 역할을 충실히 해주고 있어, 시가 맛깔스럽고도 깔끔하고 또 선명하고 신선하다.

그다지 어렵지 않은 시어들을 동원해서 이야기식 뼈대를 세워 놓고, 그 위에 소박하고 투박한 시적 형상화를 이뤄나가는 솜씨가 멋스럽다. 때로는 호흡이 길게, 때로는 낙엽시 형태로, 때로는 이미지 시로 다채롭게 펼쳐 나가는 최길숙 시인의 표현 기법에 가을 은행잎의 눈부심을 선물하고 싶다.

앞으로도 쭉 시 창작의 열정을 불태우며, 제2, 제3시집에 도전하리라 여겨진다. 또한, 자유시, 산문시뿐만 아니라, 7.5조 시, 단형시조, 연시조, 동시, 가사 문학까지 장르 범위를 넓혀 반짝이는 창작의 여생을 보내리라 확신한다.

늘 겸손하고, 늘 따스하고, 늘 조용한 최길숙 시인, 말 한마디조차도 부드럽게 말하고 전하는 우아한 여인, 김밥이랑 소머리국밥 요리도 잘하는 손맛 좋은 다소곳한 숙녀, 성실과 끈기로 시 창작을 이어가는 진정한 여류시인, 최길숙 시인의 아름다운 여정이 먼 미래까지 당당히 지속될 거라 믿는다.

- 봄비가 촉촉이 내려, 뿌려 놓은 꽃씨들을 깨워 일으켜 세우는 오월 아침에

한실 문예창작 지도 교수 박덕은

(문학박사, 문학평론가, 시인, 소설가, 동화작가, 희곡작가, 화가, 사진작가)

작가의 말

　꽃들이 피어나 화사하게 벙글거리는 2016년 봄입니다.
　여기저기 추억과 사랑과 그리움이 흐드러지게 피어나 터질 것 같은 그런 계절입니다.
　하루 하루를 산다는 것이 참 힘들 때가 많습니다. 다행히 시골에서 막 자란 들꽃같은 날들이 있었기에 잃어 버리지 않고 함께 공존한 감성들이 지금까지 줄곧 내 곁을 지켜줬습니다.

　보잘 것 없는 나 자신이지만 소망으로 다가온 문단 데뷔의 기쁨은 참 소중했습니다.
　참으로 부끄럽고 부족한 작품들이지만, 그래도 설렘 가득 시집으로 출간하게 되었습니다. 이 찬란한 늦봄에 말입니다.
　꽉 채우지 못한 여백의 자리에 추억도 보태고 그리움도 덧칠하고 사랑도 얹어 함께 용기를 내보았습니다. 너른 아량과 이쁜 시선으로 봐 주셨으면 합니다.
　끝으로 늘 용기와 채찍을 주시는 스승님, 한실 문예창작 지도 교수 박덕은 박사님께 감사드리며, 또

내 분신 같은 두 딸과 엄마가 글 쓰는 것을 자랑스럽게 여기는 내 아들에게 엄마의 사랑을 전하며, 그리고 출판사 서동영 대표님, 서로 힘과 용기를 북돋아 준 한실 문예창작 포시런 문학회 문우들과 아프리카 TV 〈낭만 대통령의 문학 토크〉 문우들에게도 고마움을 바칩니다.

2016년 5월
싱그러움이 이글거려 기막히게 신비로운 초여름 아침에
시인 최길숙

최길숙

박덕은

꽃동산에
아주 작고 상큼한
오솔길이 생겼다

나비는 부드러움을
향기는 우아함을
여백은 한가로움을
덧칠해 주었다

날마다
축제의 노래와
춤의 멜로디로
너울댔다

가끔씩
비바람의 손톱자국이
추억넝쿨을 할퀴며
지나갔지만

그리움의 붓은
여전히 날마다
감동의 수채화를
은은히 그려냈다

사근사근
보고픔의 속살이
잔물결처럼 치근대도
울지 않았다

이미
시심의 복판에
환희의 깃발을
눈물겹게 꽂아 버려

저 멀리
아스라히 펼쳐진
사랑의 물안개만
눈부시게 펄럭이고 있었다.

차 례

1장 — 내게 다시 그대가 오면

2장 — 운수 좋은 날

3장— **사랑 타령**

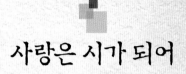

사랑은 시가 되어

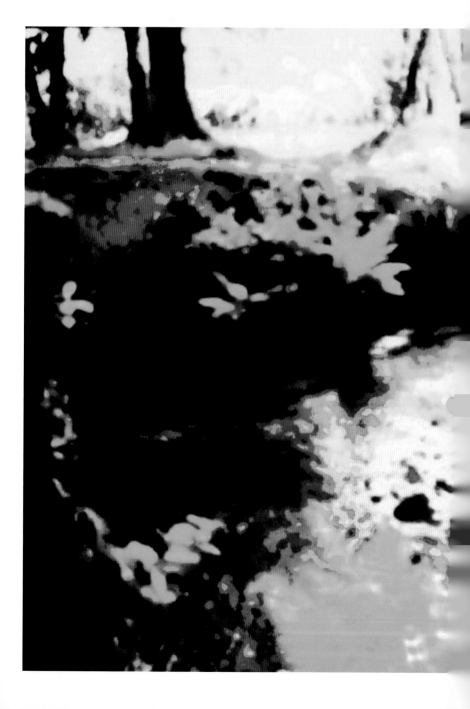

제1장 내게 다시 그대가 오면

박덕은 作 [봄날의 수채화](2016)

광부

수심이
꾸불꾸불
걸어온다

양어깨에
봇짐 하나
지고서

속을 헤집어 보지 않아도
눈에 본 듯 뻔한
속앓이

갖가지 사연
차곡차곡
담아 온 맘 보따리들

꼭꼭 숨긴 채로
허술한 일상의 봇짐만
펼쳐 놓는다.

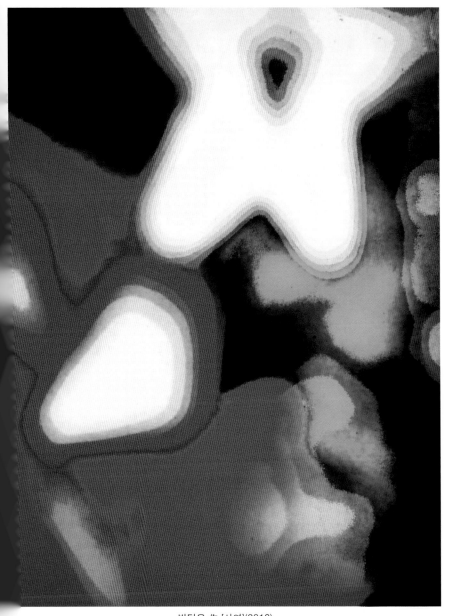

박덕은 作 [사연](2016)

자화상

사랑할 땐 꽃이었습니다
그리울 땐 바람이었습니다
보고플 땐 한 마리 새였습니다
창마저 닫힌 지금은
뜨거운 햇살이고 싶습니다.

박덕은 作 [자화상](2016)

핸드폰

매일 쓰다듬고
어딜 가든
함께 가고

지루할까 봐
예쁜 정겨움 담아
간직하게 하고

꼭꼭 숨겨뒀던 그리움
꺼내어 마주보며
펑펑 울기도 하고

때론 마음 전달되어
열병으로
앓아눕기도 하고.

박덕은 作 [정겨움](2016)

무궁화꽃이 피었습니다

산길 돌고 들길 지나
언제부턴가 자리잡은 마을회관 들어서면
무궁화꽃이 목젖까지 내주며 환하게 웃는다

나가 놀아라
나가 놀아라

쫓겨난 미운 새끼들 모여들어
무궁화꽃이 피었다고 외쳐댄다
한 녀석이 키보다 클까 말까 한
아담스런 나무 뒤에 살금살금
숨었더니 꽃들이 난리가 났다

나는 안다
나는 안다

고자질하고 싶어 까르르 까르륵
숨이 넘어갈 듯 큰 잎보다 더 크게
알 리 없는 술래는 이리저리
먼지만 날리고 있다

미운 새끼들 하나둘 떠나고
이번엔
갈래머리 까까머리 술래잡기
우렁찬 함성 소리 해맑은 나라
해질녘이 되어서야 겨우 하루를 접는다.

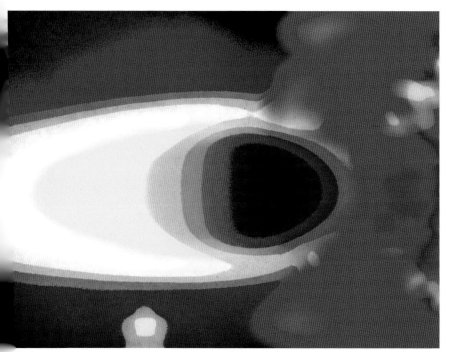

박덕은 作 [술래잡기](2016)

가을 고백

어느 날
훅 들어온 사랑
빨갛게 물들었다

흩뿌려진 그리움
오늘따라
석류알이 되었다

휘날리던 추억도
덩달아
향기 되어 박힌다.

박덕은 作 [고백](2016)

그대여

그대 머물던
자리

한 번만이라도
뒤돌아보세요

그리움이 기다리다
지쳐가는 자리

달빛 머금고
별빛 물들고
이슬 담은 눈으로

단
한 번만이라도.

박덕은 作 [그대여](2016)

내게 다시 그대가 오면

내게 다시 그대가 오면
두 눈 꼭 감고
보듬으리

모른 척
있는 힘껏
보듬으리

내게 다시 그대가 오면
하나도 놓치지 않고
모조리 담으리

가슴속 깊이
꾹꾹 눌러
담으리.

박덕은 作 [내게 다시 그대가 오면](2016)

나의 아침

고즈넉한 산사에
비가 내린다

추억의 불경소리
새벽을 깨우고

먼 산의 산새소리
그리움을 몰고 온다.

박덕은 作 [나의 아침](2016)

산골 아이 · 1

여름 방학 맞은 아홉 살
여자아이는 동이 트기도 전에
일어나

곳간에서 제일 작은 호미 하나를
꺼내 들고
할매 따라 종종걸음으로 길을 나선다

벌써 오늘이 엿샛째
마지막 품앗이날
애써 만들어 놓은
일상의 굴레 안으로 걸어간다

깊은 산중 방학은 심심하다
자연이 놀이터이고
곤충들이 동무일 뿐

돌아오는 길
조막손에 쥐여 주는
동전 두 닢

땡그랑 땡그랑

오르막길
내리막길
험한 길에서는
땡그랑
땡그랑 땡땡

내 마음을 아는지
나비들도 앞서 날아가며
땡그랑 땡땡
땡그랑 땡땡.

박덕은 作 [산골 아이 · 1](2016)

산골 아이 · 2

개나리 진달래
만발한 그곳

배추나비 흰나비
길 안내하는 그곳

산골 아이 신바람
봄나들이 간다네

버들가지 물오르면
가슴엔 꽃물 든다네

혼자서 팔딱 팔딱
봄노래 한다네.

박덕은 作 [산골 아이 · 2](2016)

사계

고즈넉한 산자락에
아장아장 봄이 오면

농부는 쟁기질에 바쁘고
아낙은 겨우내 밀어두었던
묵은 빨래감 주섬주섬 챙긴다

뒤뜰 꼬야나무랑 개복상나무
파릇파릇 싹이 트면

벌써부터 신이 나고
땀 흘려 가꾼 먹거리 풍성하다

유월의 감자꽃을 피우느라
몇 차례 소나기 지나가면
뜨거운 열정은 가을을 준비한다

농부와 아낙의 종종걸음으로
반질반질 문지방이 닳는다

너울너울
하얀 그리움이 춤춘다

이제 겨우
계절도 농부도 꿈도 그리움도
서로 토닥이며 숨을 고른다.

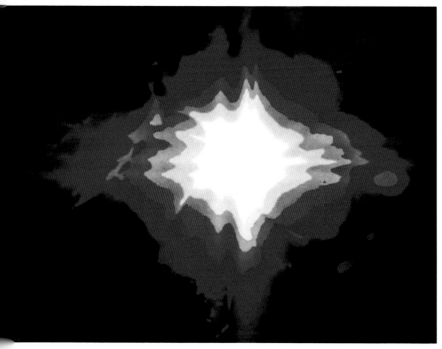

박덕은 作 [사계](2016)

기다림 · 1

어젯밤
설잠 속에
잠시 다녀가시더군요

굳게
마음먹고
맞이할 준비 해두었는데

기다림이
이토록 길어지는 걸 보니
아직은 아닌가 봐요

그래도
기다릴 수 있어요
간절히

초롱히 빛나는
가슴
활짝 열어

기별 없어도
환희가 느껴지면
당신임을 알게요.

박덕은 作 [기다림 · 1](2016)

기다림 · 2

엎치락뒤치락
가을밤 깊어가는데

또르망 또르망
애타는 밤

오늘도
이 밤 새려나

찌르르 찌찌르
귀또리

님 오는 길 헤맬까
마중 보내고

살그락 살그락
낙엽 소리 자장가 벗삼아 잠들려 했는데

어느새
아침이 오고 말았네.

박덕은 作 [기다림 · 2](2016)

기다림 · 3

봄바람이 살랑살랑 불어오던 날
그 바람에 실려 님이 왔었나

꽃들이 만발한 여름의 향연
님도 나도 초록물이 들었네

그 꽃들이 다 지기도 전에
님은 떠나가고

어느새
가을이 오고 말았네

하나둘 낙엽은 저리 지고 있는데
그게 다 지고 나서야
소식 오려나.

박덕은 作 [기다림 · 3](2016)

기다림 · 4

소식 없이 바람처럼
터벅 터벅 걸어온 길

그리움일까
아쉬움일까

마주앉은 갈색 탁자
진한 커피향

가을 냄새
쌓이고 쌓여 먹먹하다

왔던 길 돌아간다
저벅 저벅 걸어간다

미련일까
사랑일까

따라오는 새 한 마리
애처롭다.

박덕은 作 [기다림 · 4](2016)

기다림 · 5

온 사방이
그리움으로 몸부림쳐도

걸어도 걸어도
제자리일지라도

아주 조용히
마음의 닻을 내리고

가끔씩
내다보는 별.

박덕은 作 [기다림 · 5](2016)

스승님

가시밭길
앞서 걸으며
길잡이 되어 주고

뒤뚱뒤뚱
아기 걸음
손잡아 주고

두 귀 쫑긋
세워
주저리 주저리

다 쓸어 가슴에 묻고
기꺼이
디딤돌이 되어 주네.

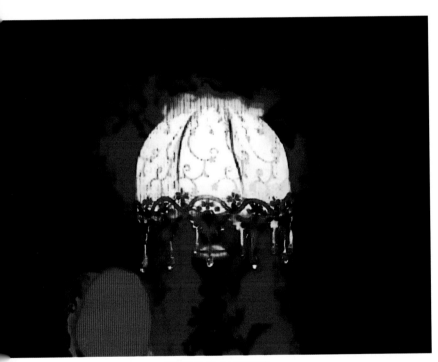

박덕은 作 [스승님](2016)

옆집 경희

키 크고
날씬하고

얼굴도 이쁜
그녀

신이 너무나
사랑하나 봐

하루라도
못 보면

보고 싶은
그녀.

박덕은 作 [그녀](2016)

당신

지구에선 들장미
하늘에선 오리온

그런 당신
사랑하면 안 될까요?

박덕은 作 [당신](2016)

나는

님의 자리는
그리움만 남았습니다

구름에게 물어봅니다
잊으라고 합니다

바람에게 물어봅니다
잊었다고 합니다

나는 한시도
잊은 적 없습니다

님에게 물어 보았습니다
부르면 달려온다 합니다

나는
부르지도 못합니다

곁에 있어도 그립고 그립고
또 그립다는 걸
나는 너무나 잘 알고 있기 때문입니다.

박덕은 作 [나는](2016)

마음

소소한 일상이 모여
집을 지었다
햇살에 꽃도 피었다

때로는 천둥 치고
바람이 불어와
파도가 일렁였다

눈치채지 못하는
그 사이
그리움이 자랐다

남겨짐이 두려워
점점
목만 길어지고 있었다.

박덕은 作 [마음](2016)

연인

당신
있기에

온갖
떨림 안고

내가
있다.

박덕은作 [연인](2016)

사랑은 시가 되어

별들이 떠날 채비하고
알싸한 새벽 공기
코끝이 찡하다

콩닥거리는 설레임 들킬라
두 눈 감고 기댄 창가

내리는 초겨울비
사선으로 금을 긋고

논둑 밭둑길 운무 낀 겨울산
반기는 그곳에

어여쁘고 맘 고운
그녀가 산다

따뜻한 옥수수 환한 미소
품에 안고서.

박덕은 作 [사랑은 시가 되어](2016)

제2장 운수 좋은 날

박덕은 作 [바닷가 추억](2016)

간이역 · 1

아무도 없는
낡은 벤치에
둘러앉은 그리움

슬퍼하다
귀기울이다
바라보다

차곡차곡
쌓인 추억을
하나씩 펼치고 있네.

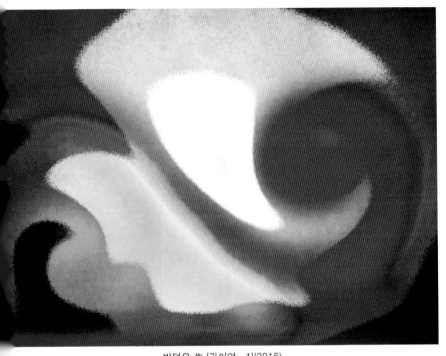

박덕은 作 [간이역 · 1](2016)

간이역 · 2

산등성 아지랑이
피어오르고
높새바람 불어 넘는
한적한 그곳

요란한
기적 소리에
오선지 새떼들
하늘로 솟고

나무의자 기대
졸고 있던 역무원
의미 없는 거수경례
멋쩍어 돌아선다

이끼 낀 바위틈
삐죽 내민 민들레 위에서
곡예하듯
나비들 나풀거린다

다시 찾아온 고요가
덧칠한
하늘색 계절만
서럽다.

박덕은 作 [간이역 · 2](2016)

낮달 · 1

가는 길 잊었나요
밤새워 졸았나요
왜 아직 못 갔나요
무엇이 그리 아파
구름에 기대앉아
여지껏 상념에 잠겼나요.

박덕은 作 [낮달 · 1](2016)

낮달 · 2

누구를 기다리다
여지껏 못 갔나요

그리움이 친구 되어
고민에 빠졌나요.

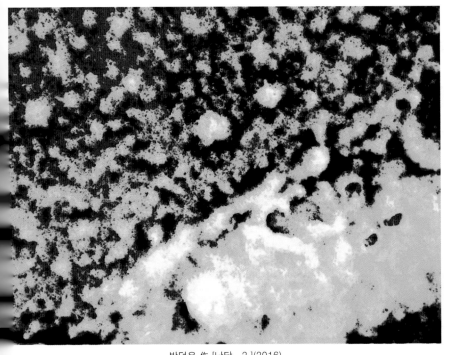

박덕은 作 [낮달 · 2](2016)

사춘기

건들건들
늘
이상해

마주치기 싫은지
요리조리
피하는 눈

늘
수상해
너의 세계

풀어라
대화 보따리
들어줄게

애인도 아니면서
콩닥콩닥
가슴 뛰게 하는 아들아.

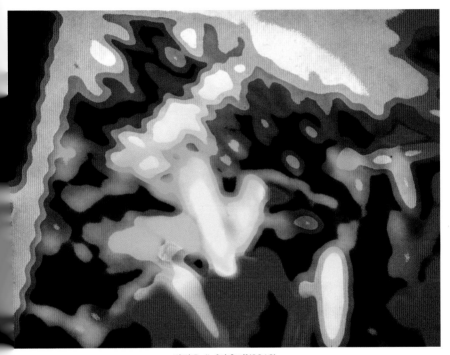

박덕은 作 [사춘기](2016)

님

한밤중 다녀갔는지
새벽바람이 무너져 내리네

봄 새순으로 돋아나
빼곡히 자리잡더니

어느새 바다 저 끝
운무 되어 내려와

타들어가는 깊은 맘속
조각난 별무리로 촘촘히 박혀

매달린
하얀 그리움

가슴에 묻지도 못하고
잊지도 못하고 있네.

박덕은 作 [님](2016)

사랑 · 1

매달린
마지막
잎새의
몸부림
대롱대롱

미안해
숨죽여
부는
바람도
파르르

밤새
눈 내려
눈꽃으로
포근히
감싸주네.

박덕은 作 [사랑 · 1](2016)

사랑 · 2

햇살 이고 앉아
열정 토해내다

복사꽃처럼
활짝 피어나는

수줍은
마음 송이.

박덕은 作 [사랑 · 2](2016)

사랑 · 3

산책길 허공에
크게
터뜨리며

지나가는 바람에
살짝
안부 전한다

눈치채면 안 돼
들키면 안 돼
그래선 안 돼

요즘
요동치는
마음 정거장.

박덕은 作 [사랑 · 3](2016)

사랑 · 4

눈뜨고
있어도

살랑살랑
왔다가

살랑살랑
가 버리는.

사랑은 시가 되어

박덕은 作 [사랑 · 4](2016)

일상

부스스 일어나
커피 한잔으로
지친 마음 달랜다

잠자던 옛것들
하나씩 꺼내
펼쳐 놓으며

명주실처럼
풀어도 풀어도
끝이 없지만

차라리 안고 갈까
그 남자
그리고 그 여자

커피향에 젖어
배시시
자리에 도로 눕는다.

박덕은 作 [일상](2016)

운수 좋은 날

그날
큰딸에게 상품권 10만원과 현금 10만원
둘째딸에게 상품권 15만원과 현금 20만원
선물 받았다

마트에 가서 운동화 사고
먹을 것 잔뜩 사서 냉장고에 넣었다
현금 중 2만원만 꺼내서 두 딸과 목욕탕에 갔다

오후에는
마음먹은 게 있어
점퍼 주머니에 꼭꼭 숨긴 채 은행에 갔다
그런데 웬일인지 아무리 찾고 뒤져도
그게 없었다
털썩 주저앉고 싶었지만 꾹 참고 집에 갔다

어디로 날아간 거야?
이틀 동안 호주머니에서
그 행방을 찾다가 그만두었다

미련도 없이
안녕 하고 떠난 녀석들
그 녀석들은 날 참말로 싫어했나 보다

딸들에게는
비밀
쉿.

박덕은 作 [운수 좋은 날](2016)

그리움 · 1

온 세상이 노랗다
눈부시다

온 세상이 빨갛다
찬란하다

길섶 은빛 억새
신비롭다

안 그런 척 돌아서나
마음속 왜 모르겠나

내 삶이 이쯤인 듯
떨어진 낙엽 보니 가슴 시리다.

박덕은 作 [그리움 · 1](2016)

그리움 · 2

아지랑이길 따라오르다
헉헉 숨차
털썩 주저앉아 버린 바람.

박덕은 作 [그리움 · 2](2016)

봄밤

만나는 순간
환희로 몸부림치며 부르는
달의 노래.

박덕은 作 [봄밤](2016)

가을

아직은
팔월인데
열정도 그대로인데

아주
깊숙한 곳에서
용트림한다

님은
저 멀리
서 있기만 하는데

때로는
출렁출렁
파도를 탄다

벌써부터
그리움이
몰려오고 있다.

█ 사랑은 시가 되어

박덕은 作 [열정](2016)

시간

'잘 지내'
그 말 들으려
며칠을 숨고르고

'고마워'
그 말 들으려
긴 사연 담는다

'보고파'
그 말 들을 때
다 잊기로 했다.

박덕은 作 [시간](2016)

그곳엔

고즈넉한
언덕 위에

졸졸졸
눈 녹아내리고

진달래 개나리
어여삐 반기겠지

님 향내 그리워
슬며시 고인 눈물

수줍게
살랑거리며.

박덕은 作 [그곳엔](2016)

가을비

비가 내리면
생각 깨워 주는 그가 있어요
젖기 시작하는 마음 때문에
우산을 준비해야 돼요

기억 날 듯 말 듯
그리기 시작해야 해요
왠지 어색해요
그려놓은 모습이 맘에 들지 않아요
모가 났어요

서둘러야 해요
바람까지 몰고 오면
큰일이에요
오늘밤 떠나야 해요.

박덕은 作 [가을](2016)

유월

향기 축제에서
깨어나지 못하고
게으름 피울까 봐
초록바람 안고 달려온
님

봄과 바톤 터치하여
뜨거운 열정
가득 채워 가는
님

사랑의 지붕
뜨겁게 달구고
감자꽃 옛 추억도
함께 안고 온
님.

박덕은 作 [향기 축제](2016)

구월이 오면

님 오는 날 이리저리
길 나설 거예요

빨간 배낭 하나 메고
낭만 그득 담고서

오지 마라 오지 마라
훠이훠이 저어도

나는 나는
가고야 말 테야요

여지껏 듣지 못한
말 한마디 있거든요

기필코 기필코
이번엔 듣고야 말 거예요.

박덕은 作 [구월이 오면](2016)

11월에게

오시는가
내려앉은
낙엽 위로

먼저 말해 주오
사랑이든
이별이든

혹시
무슨 사연 안고 있거든
잠시 동안만 기다려 주오

길지 않은 시간에
소롯이
맞이할 테니.

박덕은 作 [11월에게](2016)

애상

새하얀 눈이
내립니다
그대는 가고 없는데

사득 사득
조용한 몸짓으로
내려앉습니다

그대는
이미
가고 없는데

자욱 자욱
그리움이랑
함께 쌓입니다.

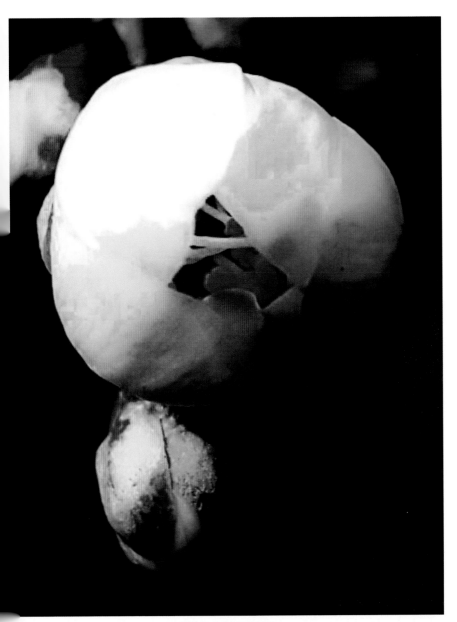

박덕은 作 [애상](2016)

제3장 사랑 타령

박덕은 作 [회상](2016)

하루는

말없이
꽃 앞에
앉는다

서로
보고
웃는다

도란도란
얘기하다
일어선다

꽃이
손짓한다
조금만 더.

박덕은 作 [하루는](2016)

뜨락의 낙엽

뜨락에
감나무와 호두나무가 마주보고 서 있다

헤아릴 수 없을 만큼
오래된 세월 안고서

서로 생김새와 열매는 달라도
죽마고우 친구 되어

봄이면 새순으로
여름이면 초록으로
가을이면 단풍으로

갈바람 불어오면
마지막 세레나데를
열창하면서
살그락 살그락

밤새
비가 내리자

드디어
둘은 한몸이 되었다

마주보는 두 나무는
바닥에 한데 엉킨 낙엽으로
대화하며 떨어질 줄 모른다.

박덕은 作 [세레나데](2016)

침묵

당신의 맘에서 멀어져라
부탁하신다면
그건 들어드리지 못합니다

내
맘은
내 꺼니까요

이렇게 매일 카톡에
문자 남기지 말라 하시면
그건 한번 생각해 보겠습니다

그러나
믿지는 말아주세요
언제 또 변할지 모르니까요.

박덕은 作 [침묵](2016)

첫사랑

무슨 까닭이
있는 거겠죠

아무 이유 없이
사랑이 왔을 리 없죠

무슨 사연이
있는 거겠죠

그 사연이 뭔지 모르니
답답할 뿐이죠.

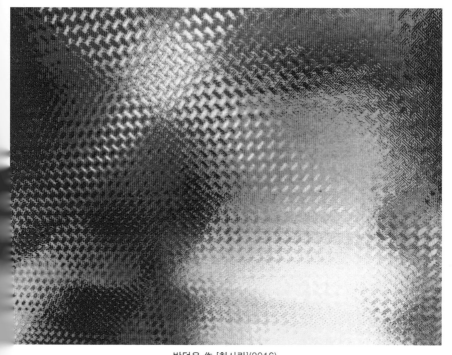

박덕은 作 [첫사랑](2016)

사랑하면

꽃향기 그윽한
꽃길 걸어도

하늘의 반짝이는
별들 보아도

너울대며 춤추는
나비를 보아도

구름이 한 줄기
비를 뿌려도

님이 생각나네요
사랑하면 이리 되나 봐요.

박덕은 作 [사랑하면](2016)

봄소식

햇살 따스한
어느 날

아이보리빛
나비 한 마리
날아왔어요

나풀 나풀
춤추며

참 귀여운
아주 어린 나비

날아갈 듯 말 듯
이리저리 구경하네요

만져 달라 안아 달라
꽃잎에 떼쓰면서

내 마음이
콩닥 콩닥

오늘은 반가운 손님이
오려나 봐요.

박덕은 作 [봄소식](2016)

눈 오는 저녁

어슴푸레
아리랑 고개 넘듯
어스름이 한 올 한 올
춤추며 내린다

은빛 눈밭에 누워
시린 눈 지그시 감고
실룩거린다

검둥이는 옆에 앉아
거세지는 춤사위
물끄러미 바라보고 있다

무슨 생각을
하는 걸까

우리는 서로에게
아무것도
묻지 않았다.

박덕은 作 [눈 오는 저녁](2016)

나리꽃

주근깨 때문에
풀숲에 숨어 피는
너

빨간 속살 부끄러워
진종일 고개 숙인
너.

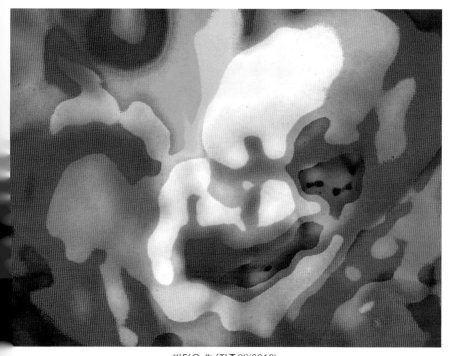

박덕은 作 [진종일](2016)

석류

혹 들어온 사랑
꽃이 되었다

흩뿌려진 그리움
알알이 맺혔다

휘날리는 추억
빨갛게 익었다.

박덕은 作 [훅 들어온 사랑](2016)

초가지붕

우리집
새 옷 갈아입던
날

하늘에서
잔치 베풀어 주네
부슬부슬

세찬 줄기로
춤까지 추며
너울너울

찬서리 내린
아침엔
하얀 옷 갈아입고

서리꽃다발
들고 서서
문안 인사하네.

박덕은 作 [꽃다발](2016)

가을 편지

창문 닫아서
미안해요

소소리바람 불어
내 가슴 파고들까 봐
잠시 닫았는데

이토록
길고 긴
이별일 줄 몰랐어요

그리움
한 겹 한 겹
걷어내니

영 영
잊을까
두려워요.

박덕은 作 [가을 편지](2016)

화장할 줄 몰라

나는
화장할 줄 모른다
화장품이 아예 없다

요즘 두 딸은
화장을 잘한다
부럽다

뭘 그렇게
발라대는지
안 해도 이쁜데

딸들 화장대를 보면서
간혹 나에게 미안하다
화장은 사치라고
생각하면서도

생긴 대로
사는 게 미덕이라
여기면서도

한번 해보려고
시도는 해봤으나
너무 어색하다

효과도 없다
그 얼굴이
그 얼굴이다

차라리
안하는 게
낫다는 생각이 든다

돈도 아끼고
시간도 아끼고
기분도 아끼고.

박덕은 作 [화장할 줄 몰라](2016)

눈 내린 아침

살뜰한 마음이
너그럽게
눈꽃 피워주었네요

길모퉁이 작은 공원에서
참새 한 마리가 부리로
연신 눈을 헤집고 있네요

밤새 허기진 배를
채우려나 봐요.

돌아서는 발걸음이
자꾸 아려오네요.

박덕은 作 [눈 내린 아침](2016)

겨울밤

옹기종기
화롯가에
둘러앉았어요

톡톡
터지는
알밤 소리

그 중
한 놈이
반항하네요

뜨거운 불속을 헤집고
방바닥으로
툭 튀어 나가네요

떼구르르
구르면서

그날 밤

군밤 하나도
먹지 못했어요

밤이
살아 있는 줄 알고
너무 놀랐거든요.

박덕은 作 [겨울밤](2016)

진달래

새 옷
갈아입고
봄나들이
왔다네

걸음 걸음
수줍어
점박이 달고
왔다네.

박덕은 作 [진달래](2016)

동강

바짓단 둘둘 말아 올리고
재잘대며
골뱅이 줍던 곳

돌멩이 반으로 갈라
소반 만들어
소꿉놀이 했던 곳

학교에서 옥수수빵
급식 받아 나눠 먹으며
배고픔 잊고 놀았던 곳.

박덕은 作 [소꿉놀이](2016)

목련꽃

순결한 모습으로
살포시 피어나는
너

고고한 자태로
하얗게 봄을 알리는
너

어쩌다
이곳 탄광촌까지
실려 와

검은 화장을 한 채
지고 마는
너.

박덕은 作 [목련꽃](2016)

사랑 타령

왜 안 되는지
듣고 싶어요

조금씩 조금씩
다가가고 있어요

이슬비처럼
소리 없이

눈치채지 못하게
야금야금

한 발 두 발
세월처럼

안 되는 이유를
말할 수 없다면

그냥 사랑하게
해주오.

박덕은 作 [사랑 타령](2016)

생일

하루종일
축하 축하
쑥스러워라

민망하여라
이토록 많은 인사
받아 보긴 처음

좋아서
혼자
웃었다

맛있는 거
안 먹어도
좋아라

선물
안 받아도
좋아라

하루종일
울려대는
축하 소리

어여쁜
이웃사촌
안개꽃다발

더 무얼 바래
구름 타고
두둥실.

박덕은 作 [생일](2016)

한실 문예창작 문우들의 작품집

오늘의 詩選集 Series

오늘의 詩選集 제1권

화장을 지우며

강만순 지음 / 144면

오늘의 詩選集 제2권

또 한 번 스무 살이 되고 싶은 밤

김숙희 지음 / 160면

오늘의 詩選集 제3권

사랑의 빈자리 될까 봐

박완규 지음 / 144면

오늘의 詩選集 제4권

유모차 탄 강아지

김미경 지음 / 112면

오늘의 詩選集 제5권

이 환장할 봄날에

신점식 지음 / 176면

오늘의 詩選集 제6권

작아지고 싶다

주경희 지음 / 176면

오늘의 詩選集 제7권

가을은 어디나 빈자리가 없다

전금희 지음 / 176면

오늘의 詩選集 제8권

쓸쓸함에 대하여

이후남 지음 / 176면

오늘의 詩選集 제9권

바람이 열어 놓은 꽃잎
문재규 지음 / 220면

오늘의 詩選集 제10권

단 한 번 사랑으로도
이호근 지음 / 176면

오늘의 詩選集 제11권

할 말은 가득해도
최승벽 지음 / 176면

오늘의 詩選集 제12권

비밀 일기
박봉은 지음 / 176면

오늘의 詩選集 제13권

꽃만 봐도 서러운 그날
한실 문예창작 동인지 제8집

오늘의 詩選集 제14권

마냥 좋기만 한 그대
최기숙 지음 / 176면

오늘의 詩選集 제15권

풀꽃향 당신
김영순 지음 / 176면

오늘의 詩選集 제16권

유리인형
박봉은 지음 / 176면

오늘의 詩選集 제17권

보고픔이 자라고 자라서
한실 문예창작 동인지 제9집

오늘의 詩選集 제18권

첫사랑
김부배 지음 / 176면

오늘의 詩選集 제19권

나는 매일 밤 바람과 함께 사라진다
박덕은 지음 / 240면

오늘의 詩選集 제20권

오늘도 걷는다
유양업 지음 / 176면

오늘의 詩選集 제21권

내 사람 될 때까지
전춘순 지음 / 176면

오늘의 詩選集 제22권

처음 사랑
한실 문예창작 동인지 제10집

오늘의 詩選集 제23권

당신에게 · 둘
박봉님 지음 / 176면

오늘의 詩選集 제24권

그 누가 다녀간 것일까
전금희 지음 / 206면

오늘의 詩選集 제25권

한 잔 술에 가둘 수 없어
이후남 지음 / 164면

오늘의 詩選集 제26권

그리움 머문 자리
이인환 지음 / 176면

오늘의 詩選集 제27권

사랑의 콩깍지
김부배 지음 / 176면

오늘의 詩選集 제28권

사랑은 시가 되어
최길숙 지음 / 176면

개별 작품집

고목나무에 꽃이 핀 사연
김영순 시집

당신만 행복하다면
박봉은 제1시집

시가 영화를 만나다
장헌권 시집

아시나요
박봉은 제2시집

하얀 속울음까지 들켜 버렸잖아
김성순 시집

당신에게.하나
박봉은 제3시집

세월이 품은 그리움
김순정 시집

사색은 강물 따라
권자현 시집

입술이 탄다
형광석 시집

내가 머무는 곳
신순복 시집

늘 곁에 있는 다른 나처럼
정연숙 시집

당신
박덕은 시집

한실 문예창작 동인지

한실 문예창작 동인지 제1집
『한꿈』

한실 문예창작 동인지 제2집
『한꿈』

한실 문예창작 동인지 제3집
『당신의 쓸쓸함은 안녕하십니까』

한실 문예창작 동인지 제4집
『목련은 흔들리고 있다』

한실 문예창작 동인지 제5집
『그래도 한쪽 가슴은 행복합니다』

한실 문예창작 동인지 제6집
『좋은 걸 어떡해』

한실 문예창작 동인지 제7집
『아직도 사랑인가 봐』

한실 문예창작 동인지 제8집
『꽃만 봐도 서러운 그날』

한실 문예창작 동인지 제9집
『보고픔이 자라고 자라서』

한실 문예창작 동인지 제10집
『처음 사랑』